AF578114

Corticos, cortos y no tan cortos

Autor: Niurca Herrera Mejía

ISBN: 978-9945-9169-2-8

Diseño de portada: Lusmerlin Lantigua

Imagen de portada: escultura Sopló de vida, de Juan Carlos Gómez

Diagramación: Easwara Jiménez

EGE, República Dominicana, abril 2019

CORTOS
CORTICOS
Y NO TAN CORTOS

CORTICOS CORTOS Y NO TAN CORTOS

Niurca Herrera

A mis hijos Fernando y Anthony Puente por quienes lucho cada día, a mi nieto Aidan, a Soria Mejía, mi madre y soporte, y a mi familia atomasada, que me apoya en todo mis inventos. Por favor no desistan, algún día se me ocu rrirá algo que deje dinero.

Agradecimientos

A Dios, por sostenerme y guiarme en cada momento. Al alcalde de Bani, Nelson Camilo Landestoy, por su solidaridad. Al Taller Literario Narradores de Santo Domingo, con quienes aprendo cada viernes a contar historias.

Prólogo

"Lo bueno, si breve, es dos veces bueno", dice el aforismo que nos regaló para siempre el escritor del Siglo de Oro Español, Baltasar Gracián y Morales. Frase que tuve muy presente cuando decidí lanzarme a la aventura de escribir y de enseñar a escribir cuentos; frase que me ha acompañado en la afortunada lectura de esta colección de relatos. "Corticos, cortos y no tan cortos" cumple su promesa: iniciamos esta compilación con una serie de microrrelatos que nos entran en el cuerpo como una bocanada de aire fresco, en algunos casos, o como una bofetada a mano abierta, en otros. En ningún momento nos dejan indiferentes. Con ironía, humor, hondura y hasta crispación, iremos saboreando las historias que Niurca Herrera maneja con técnica pero, especialmente, con emoción. Seguimos adelantando y los relatos ganan en extensión pero mantienen la intensidad de la primera página: un repertorio de historias divertidas, crudas, con personajes reconocibles, vocabulario de este tiempo, donde lo trascendental sigue siendo aquello que no se cuenta. Finalmente llegamos a los relatos “no tan cortos”, en los que la autora se permite diálogos más trabajados y personajes aún más redondos, manteniendo aquello que hace de los cuentos mi género más apreciado: la capacidad de dejarnos pensando en los posibles universos en los que esa historia, triste o amable, podría no haber ocurrido. Ojalá Niurca Herrera disponga de mucho tiempo para, como diría un querido y recordado profesor de escritura, seguir escribiendo así de breve y de bueno.

Gabriela Llanos
Escritora y periodista

Corticos

I

Mujer insatisfecha de ninguna palabra

¡¿?!

II

Mujer insatisfecha de poquísimas palabras

¡¿Y?!

III

Mujer insatisfecha de pocas palabras

¡¿Y ya?!

IV

Mujer insatisfecha de muchas palabras

¡Tú tienes que estar relajando! No puede ser posible que después de tanto insistir, joder, pedir, suplicar, andar como perro detrás y de ofrecer esto y aquello y lo otro, prometerme que iríamos más allá de las estrellas, que íbamos a ver el sol y la luna juntos, que me harías sentir como nadie lo ha hecho, me sales con que eso es todo. ¿Entonces, yo qué? ¿Me tengo que quedar así, alborotada?

Inteligencia femenina

Cuando él empezó a verlo todo claro, ella apagó la luz.

El río

Se presentó con título de propiedad en las manos, exigiendo su territorio. No les dio tiempo a empacar sus pertenencias. Los trató como lo que eran… invasores.

Deja vu

—¡No, no es verdad, me va a doler! —gritaba a la vez que pataleaba desesperadamente. La enfermera de pediatría, inyección en mano, trataba de calmarla: "No llores que no te va a doler". Pero eso agravaba aún más su miedo. Esas fueron las mismas palabras que le dijo su padre en la mañana, mientras le abría las piernitas.

Hoy es viernes y Cindy lo sabe

Los viernes por la noche Cindy se apodera de mí. Se pone mi mejor vestido, se maquilla como si fuera a salir en televisión y sale de cacería. Frecuenta restaurantes y hoteles caros. Con trucos de puta cándida, se las ingenia para regresar acompañada. En el departamento me hace presenciar su rito sexual. A veces me invita a hacer un trío. Hasta aquí ella me simpatiza. Confieso que disfruto tanto ver como participar. Pero el final siempre es igual: ella se marcha dejando todo el reguero. Yo tengo que deshacerme de los cuerpos. La carne humana ha empezado a repugnarme.

Presencia inoportuna

Hace rato que noto tu presencia. Me rondas como queriendo acercarte. Yo te miro de reojo y pienso en la satisfacción que representaría ponerte una mano encima. A veces parece que vienes derecho hasta mí y me preparo, pero luego te devuelves y te pierdes entre la gente y me quedo con las manos vacías.

Yo sé que tus propósitos no son buenos, que de consumarlos terminaremos a la fuerza emparentados, que puedes hacerme daño. Sin embargo, estoy avisada y no dejaré que me incites.

Por fin veo que avanzas hacia mí. Te detienes un poco, das unas cuantas vueltas a mi alrededor como buscando el lugar indicado. Te decides de una vez y vienes directo, atrevido. Preparo la mano. Cuando estás lo suficientemente cerca la aprieto de un solo movimiento con fuerza, luego la abro lentamente para que no te escapes y estás ahí, en medio de mis dedos, aplastado.

Desidia

Tirada sobre la cama, sin sueños ni ganas de nada, descubrí que puedo hacer que las partes de mi cuerpo dejen de funcionar a mi antojo. Todo comenzó gracias a la manía inconsciente de mover los pies de un lado a otro cuando estoy molesta o ansiosa. Así que cansada del movimiento le ordené dejaran de agitarse y como si jugáramos al paralizado se quedaron estáticos. Luego hice lo mismo con mis brazos, primero el derecha, luego la izquierdo y no sé si estaban cansados, pero me obedecieron al instante. Era cómico ver como el torso trataba de levantarse sin la ayuda de las extremidades. Al rato ya no me pareció tan divertido y también le ordené se inmovilizara y ahí estaba inmóvil del cuello para abajo. Podía ver los dedos de los pies por fin inmóviles y eso me complació.

Tenía movimiento solo en la cabeza, la giro de un lado a otro y me entretengo pensando en la vida aplacible de los paralíticos obligados a la inmovilidad. Después de varios minutos de girar la cabeza le pedí que se inmovilizara. Me sentí tranquila, relajada, solo los ojos se movían siguiendo una luz que iba de un ojo al otro. Por fin retiran la luz y puedo ver un médico, trato de hablarle pero mi boca se niega a expulsar palabras. No quiero que se preocupen, quiero decirles que todo está bien, que cuando quiera regreso a la normalidad, que el problema es que no quiero regresar.

Fue culpa de mi vientre seco

Pobre de mi hermana Gervasia, se ve cansada. Esa lucha contra mi marido, para que yo pueda descansar, la va a matar. Las noches en vela y los viajes a la fiscalía, en busca de justicia, están acabando con ella. Hoy hace exactamente un año del funesto día que amaneció lloviendo a cántaros y Andrés me planteó lo del divorcio. Me dijo que "un hombre sin descendencia no es hombre" y que él tenía que perpetuar su apellido. Yo me negué a darle el divorcio. "Me casé una vez y para siempre", le refuté diciéndole y que "en la iglesia juramos amarnos hasta que la muerte nos separe". Esa fue mi sentencia de muerte. Se abalanzó sobre mí, apretando la garganta sin compasión. El aire me faltaba. Traté de golpearlo con un candelabro que estaba sobre el tocador, me lo arrebató y con él destrozó mi cabeza. En la camioneta me trasladó hasta la finca y me enterró junto a la mata de mango.

Pobre de mi hermana, se ve agotada, no entiende que la justicia es una prostituta cara y que los pobres nos tenemos que conformar con verla desde

lejos, mientras soñamos con algún día poder pagarla y que el fiscal le demuestra interés, porque con ella se quiere acostar, que mientras yo me pudro en esta tumba improvisada, él celebra con militares y políticos acariciando la barriga de su amante, orgulloso del hijo que van a tener.
Pobre, se ve desgastada, si no olvida todo, pronto nos vamos a encontrar.

Cortos

Deseos cumplidos

Mami está muy triste. De unos días para acá, siempre está afligida. La siento moverse de un lado a otro de la cama mientras llora. Hoy ha llorado más que nunca. Creo que se debe a la visita de mis abuelos paternos. Esta visita fue diferente a la anterior. Cuando vinieron hace un mes, los abuelos estaban felices, se la pasaron besando y abrazando a mami. La llamaban hija y le decían que no se preocupara por nada, que todo iba a estar bien.

Nos reunimos todos en el salón, porque abuelo tenía algo importante que comunicarnos "Él quiere que nos mudemos para Japón". Abuelo dice que está todo arreglado. Papi va a dirigir una de las empresas familiares y mami se va a quedar en la casa. Le mostraron fotos de la casa grande que compraron para nosotros. Por mí no tendrán que preocuparse, nunca me faltará nada, iré al mejor colegio y en la casa tendré una institutriz que se encargará de mi educación.

Mami les agradeció, pero que le gusta vivir en New York y la vista del Central Park que tiene desde el balcón. Le piden que lo piense. Ella dice que no hay nada que pensar, que quiere que su hijo crezca en los Estados Unidos. A los abuelos les preocupa que no me eduquen bajo las costumbres japonesas y que no hable ainu. Mami dice que me educarán con ambas culturas y que hablaré inglés, japonés y español como ella. También están molestos con papi, dicen que todo es por su culpa, por escoger esposa de otra cultura, y le advierten que tiene que convencerla. Nos la pasamos en la cama sin querer comer. Anoche mami oró por mucho rato. Le pidió a Dios que le envíe una señal de lo que tiene que hacer. Le dijo que no quiere irse tan lejos, que si se va yo no voy a sentir amor por su gente ni por su cultura hispana, que ella misma terminará absorbida. Luego lloró hasta quedar dormida. Estoy tan triste como ella. No quiero moverme para no molestarla. Yo también he pedido que me manden una señal.

No soporté la angustia de mami, por eso me desprendí y me dejé llevar por la tibia corriente roja que corre por el túnel oscuro y me deslicé suavemente entre sus piernas. Traté de ver su cara aunque fuese una sola vez, pero me deslumbró la luz que nunca más veré.

Día de Reyes

Por fin llegaba el día esperado. La noche anterior se hizo el ritual de cada año. Yerba y agua para los camellos, cigarrillos y mentas para los reyes y una carta en la que detallaban los juguetes que querían. No bien amanecía, los niños se escabulleron debajo de la cama en busca de los regalos. Ninguno recibió lo que pidió, pero igual estaban felices. Los Reyes Magos trajeron juguetes a todos: a Vinicio un disfraz de vaquero con sombrero y pistola de mito; a Manuel uno de indio con taparrabo, arco y flecha. Ángel recibió un traje de alguacil, con placa y pistola y a Franklin le tocó un antifaz de buzo con chapaletas y escafandras, al bebé le pusieron un coche nuevo tipo sombrilla.

El día fue corto para tanta felicidad. Transcurrió entre persecuciones por toda la casa, heridos de flechas y de balas, conflicto territorial diligentemente resuelto por el alguacil que unas veces disparaba a los indios y otras a los vaqueros.

Cuando Juana llegó del trabajo encontró a Franklin llorando en la acera.

—¿Qué te pasa, lindo?

—No me gustan mis reyes.
—Pero, ¿qué tienen de malo? Te ves lindo con tu traje de buzo, mi amor.
—Es que no puedo correr con esto y no tengo con qué pelear -dijo mostrando las chapaletas.
—Ven a acá, mi amor. Los Reyes te dieron el mejor regalo. Ellos saben que eres muy bueno y te dejaron ese, porque el buzo no mata a nadie. Él salva a las personas cuando se están ahogando.
—Pero nadie se ahoga.
—Ya se ahogará alguien, no te preocupes -le dijo mientras le besaba la cabeza- ¡Uff! hiedes a chinchilín, quítate el disfraz, que voy a preparar el baño para que te bañes.
Franklin se despojó del disfraz y lo dejó tirado en el patio, donde sus hermanos seguían jugando a buenos y villanos. Atravesó la cocina donde doña Juana preparaba la cena, dejó el pantaloncillo en medio del comedor y se sentó en el borde de la bañera a jugar con el chorro de agua que salía del grifo y a patalear la acumulada. Fue entonces que tuvo la gran idea. Salió corriendo del baño, llegó a la cocina, que la madre inundaba con aromas de cebolla, pimiento y tomates, tomó el coche donde la bebé dormía, lo condujo hasta el borde de la bañera y lo dejó caer ruedas arriba, luego salió corriendo a buscar su traje de buzo.

El sapo que no quería ser príncipe

Paráfrasis de la Princesa y el sapo.
Sucedió hace mucho que una princesa, ya mayorcita, estaba muy triste, pues todas sus primas se habían casado y ella no encontraba su príncipe deseado en los reinos vecinos. En medio de su tristeza recordó la historia de una princesa que vivía en tierras no tan lejanas y contaba como al besar un sapo, éste se convirtió en un hermoso príncipe. Sin pensarlo dos veces se fue corriendo al rio y se puso a jugar con su pelota de basquetbol, hasta que intencionalmente la dejó escapar y cayó al agua.
Luego se percató que era la bola autografiada por Michael Jordan y lloró desconsolada. Un sapo oyó sus sollozos, asomó la cabeza y le preguntó por la causa de su pena. Entonces se ofreció a devolverle la pelota con una condición: ella, creyendo que le iba a pedir lo mismo que a la otra princesa, sin dejarlo hablar le dijo que sí, que ella lo llevaría a su casa, comerían en la misma mesa, le daría de tomar agua de su vaso, comerían del mismo plato, dormirían juntos y lo

besaría cuando él se lo pidiera sin que le diera asco. El sapo, muy sorprendido, abrió sus ojos saltones y le dijo:
—No, no es eso lo que quiero.
La princesa, sin pensarlo dos veces, agarró el sapo en sus manos y trató de besarlo:
—Es más, te voy a besar antes, para que te conviertas en príncipe y me puedas lanzar la pelota con facilidad.
El sapo se resistía y movía la cabeza de un lado a otro para no ser besado:
—No por favor, no lo hagas.
Pero la princesa era más grande, más fuerte y quería un príncipe, así que le plantó un gran beso en la boca al sapo.

El sol refulgió como una llamarada en el cielo y la princesa vio como el sapo sufría una metamorfosis: las patas delanteras se convirtieron en fuertes brazos, las traseras en unas largas piernas, el cuerpo en un hermoso torso y por último, la cabeza más linda que princesa alguna haya visto. Ella estaba feliz, lo había logrado, pero cuando iba abrazarlo, notó que estaba a punto de llorar. La princesa lo interrogó:
—¿Qué te pasa, no estás contento? ahora eres un lindo príncipe, nos casaremos y seremos felices, felicísimos.
El príncipe vio su rosto reflejado en las aguas del río y lloró desconsolado.

—¿Qué me has hecho? Mira en qué criatura más insignificante me has convertido. Tú no tenías ningún derecho de volverme humano. No te das cuenta que yo era un sapo feliz. En el río tengo todo lo que necesito, mis amigos, una esposa rana que me encanta con su croar y que es capaz de saltar el río para que estemos juntos. Precisamente cuando escuché tus gritos estaba protegiendo nuestros huevos que están a punto de convertirse en renacuajos. ¡Dios, soy el príncipe más infeliz del universo!

—Entonces ¿No te gusto? ¿Estoy muy fea? -inquirió la princesa.

—Pensándolo bien, no eres mi tipo. Estás muy blanca, flaca y tienes la piel muy tersa, nada que ver con la belleza de mi rana. Pero no es solo eso, princesa. Te voy a contar una historia:

"Hace un tiempo, en un reino no tan lejano, otra princesa me convirtió en príncipe, pero no me gustó. Hice de todo por acostumbrarme a mi nueva situación, pero fue imposible. No sabía actuar como hombre. No fui capaz de matar en la guerra y me tildaron de "Príncipe cobarde". Mi alma anfibia sufría cada día mirando como incendiaban los bosques, talaban los árboles y tiraban al río la basura. Cuando quise revelarme para que pararan, me encerraron en la torre del castillo y me llamaron "Príncipe loco". Duré un tiempo en la torre, hasta que un día la princesa se apiadó de mí, me dio un beso invertido y volví a la forma de sapo, donde era feliz, hasta que a ti se te ocurrió besarme sin preguntar si lo deseaba".

La princesa, convencida de que un príncipe tan triste y para colmo enamorado de otra, no podría hacerla feliz, consintió en darle el beso invertido.

—Gracias, princesa -dijo el príncipe- antes de convertirme en sapo, déjame pasarte tu pelota.

—Noooo, ¿acaso piensas que no sé nadar? –expresó la princesa y haciendo un clavado perfecto se lanzó al río y emergió con su bola de basquetbol.

Luego le dio un beso más grande que el anterior. El sol refulgió como una llamarada en el cielo y el príncipe se convirtió en un hermoso sapo. De un salto cayó del otro lado del río donde le esperaba su rana y se abrazaron palpitando de amor amorosísimos. La princesa salió trotando para la cancha a reunirse con sus amigas, sin importarle que en lo adelante la llamen "La princesa soltera, loca y feliz".

Cuando orines con espuma

Quedó completamente ensimismado, mirando las tres mujeres que venían por la acera. No se parecían en nada a las recolectoras de café en la finca. Al pasar junto a él, una de ellas le llamó la atención, no por sus ropas ceñidas o sus medias de mallita, sino por el lunar que le adornaba la mejilla derecha. Durante segundos, ella lo miró, con unos ojos que destilaban tristeza.

Estuvo distraído mirando el remolino que levantaban sus caderas mientras se alejaban, hasta que don Manuel, el capataz de la finca, le golpeó la cabeza con la vaina del machete y le gritó:

— Muchacho e'-la-porra, deje de estar soñando con mujeres de mala vida y recoja esa baba antes de que llegue al suelo.

— ¿Cómo que de la mala vida?

— ¿Pero es que acaso no te diste cuenta que son prostitutas?

— ¿Y cómo se da uno cuenta si no tienen letrero?

— Voy a tener que hablar con el patrón, a ti como que hay que sacarte más a menudo pal pueblo. Mira bien mijo, mujer que usa guillo en los pies, que fuma en la calle o se pinta un lunar en la cara es puta aunque viva en la iglesia y use hábito. Te lo digo yo, que soy gallo rejugao en casi toas las galleras.

— ¿Y dónde viven?

—En los cabareses del pueblo arriba, pero todos los lunes tempranito van al hospital por el chequeo médico.

—Pero no se ven enfermas.

—Eso es por fuera, mijo. Y que la doña no se entere que andas preguntando por putas, que no te deja bajar pal pueblo o peor aún, te hace ir a confesarte todos los domingos. Con eso de que la virgencita anda de llorona, a la doña le ha cogido que es por culpa del revoltijo de los jóvenes, que no esperan el casorio para andar manoseándose.

José Miguel se quedó mirando a las tres figuras alejarse hasta perderlas de vista, pero el lunar negro le acompañó por meses y le obligó a esperar cada lunes en la acera del mercado, como si se tratara de una cita. Mientras don Manuel compraba las provisiones de la semana, él no se movía hasta ver pasar aquella peca fingida. Ella pasaba con la frente erguida, consciente de que los hombres la miraban con morbosos deseos y las mujeres con desprecio, o quizá con envidia, sin percatarse de que él existía, hasta la mañana cuando, sin miramientos, el muchacho le gritó:

—¿Cuánto por una noche?

Ella volteó la mirada y no pudo contener la risa al ver la figura de un niño con aspiraciones de

hombre que la miraba medio asustado.
—¡Mira, mocoso!, ¿tú te estás volviendo loco? Tú no tienes con qué aguantá este fuete. Mejor crece y cuando orines con espuma búscame.
Esas palabras no fueron un desaire. Fue una cita. Entre subir y bajar la loma, ir a misa el domingo, escabullirse con las noviecitas en la iglesia como los demás y luego confesarse para la expiación del pecado, se fue estirando hasta obtener altura de hombre, y se produjo el encuentro.
Tal y como lo había ensayado por años, apretujó sus muslos enmallados, jugó con sus pechos, se hundió en su vientre y estrujó la lengua en su cara hasta hacer desaparecer el lunar artificial. Escudriñó el fondo de sus ojos y entonces reparó que la mirada afligida le recordaba la imagen de la Virgen de Regla, que a decir de su madre, lloraba por culpa de los amantes que buscando refugios para sus besuqueos terminaban en la soledad de la iglesia obligándola a presenciar desde lo alto la profanación. Eso creyó, hasta el día en que, al igual que todos, trató de refugiarse en el confesionario y descubrió al sacerdote mordiéndose los labios con los ojos entornados y por debajo de la sotana, asomaban unos pies entaconados adornados con un guillo plateado.

¿Quién se resiste?

A mí no hay mujer que se me resista y no crea usted que exagero. Mi madre dice que lo mío es de nacimiento, que cuando nací fui la atracción del hospital, andaba de brazo en brazo entre las enfermeras que me quitaban el pañal y le mostraban a todos que por poco nazco con tres piernitas. Usted podrá decir que todos los bebés son lindos y que por eso las gracias, pero ya de niño, cuando jugaba al papá y la mamá con las amiguitas de mi hermana, ellas, terminaban desnudándose y jugando con mi muñeco. Cuando cumplí los siete años, de eso me recuerdo bien, la nana bañaba a todos los primos juntos, nos metía bajo la ducha y eso era una fiesta para nosotros, pero un día me dijo: "Esto es un poco incómodo, cada vez está más grande, así que si tienes cosa de hombre empieza a comportarte como tal, de mañana en adelante usted se me baña solo".

Mi buena suerte no terminó con la infancia, ya de adolescente, las trabajadoras domésticas se metían en la cama a media noche y cuando le cogía el día era un corre-corre, a varias las des-

pidieron por esperar un mudito mañanero.
No todo se lo debo al bellaco, además de eso tengo mi truquito. Cuando llego a un baile me paro en un lugar estratégico, recorro con la vista todo el salón y escojo a la que está más buena. Luego converso y bailo con todas, menos con ella. En un momento me quedo mirándola, para que ella sepa que la vi, pero que no me interesa. Cuando tocan un merengue saco a bailar a la que mejor lo hace y me la luzco en la pista. Todos se quedan como idiotas mirando alrededor de la pista, mientras yo me contoneo con movimientos sensuales y con eso la red está tirada. Primero le pica el amor propio y luego otra cosa. Me pasa por el lado, me sonríe y es ahí donde me aprovecho. Cuando la mujer se te insinúa, es vulnerable, no puede exigir nada y se conforma con cualquier cosa.
A mí esa vaina me encanta, pero últimamente tengo un dilema: la directora del departamento se me está lanzando, al parecer la secretaria anda de boca suelta y eso que le advertí que no dijera nada. La cosa es que la jefa me deja horas extra sin razón y me llama a su oficina, dice que le duele el cuello, que está estresada, que si un masajito la revive y cosas por el estilo. Yo saco pie como puedo y le digo que Nao en el Olímpico da unos masajes buenísimos o que tengo que estudiar para los exámenes y me tengo que ir. Cada día se me hace más difícil, pues la vieja ta' durí-

sima y me gusta ma' que el diablo, pero necesito el trabajito, que aunque no pagan mucho da para pagar la universidad.
Tengo varios días pensando lo que voy a hacer y ya lo decidí. La próxima vez que me llame a su oficina con lo del masajito se lo daré, me colocaré en la espalda y la voy a sobar desde atrás, me le voy a pegar lo más que pueda para que lo sienta, quiero que se lo imagine en todo su grosor. Le voy a meter la mano en los cabellos, a rozar el cuello y respirándole al oído le voy a preguntar si le gusta y cuando esté toda excitada, le diré que tengo clases que se me hace tarde y la dejaré toda alborota. Al día siguiente, llamo haciéndome el enfermo y me ausento toda la semana. Me mocho el ripio si el fin de semana no está en la pensión preguntando por mi salud. Entonces me aprovecho. ¿No sé si ya les comenté lo que sucede cuando la mujer se te insinúa? La cosa es que pongo por delante la moral, que ella me tiene loco, que no la puedo ya ver como mi jefa, que desde el día del masaje no la saco de mi cabeza, que se me hace muy difícil trabajar en el mismo lugar, que necesito el trabajito pero que estoy dispuesto a dejarlo para no ser torturado cada vez que la veo. Todo esto lo digo mientras la abrazo y beso. Luego guío su mano para que lo toque. Eso no falla, todas quieren verlo en persona. Se lo presento, me imagino que pondrá la cara de asombro que ponen todas y me dirá

algo como “a quién tú piensas matar con eso”, pero sin dejar de mirarlo con ojos golosos. Yo me emplearé a fondo para darle una pela, pero no como la que dan los otros chamaquitos que solo estropean, no, yo le mostraré que él solo mata de placer.

Le diré lo buena y dura que está, que mire como me tiene, que pocas de veinte me encienden así. En ese punto yo seré el mejor hombre, el más sensible y justo del mundo. Yo sigo hasta verla temblar con los ojos viraos y todavía con el buzo sumergido le digo con voz jadeante y metiéndole la lengua en el oído, “que eso puede ser siempre, cada vez que quiera” y le sugiero mudarme a su apartamento. De seguro dice que lo va a pensar y para que lo piense bien le repito la dosis a la despedida. Y ahora sí que me lo mocho si antes de la semana no estoy mudao en su apartamento, manejando la yipeta y con una cuenta bancaria. Después de todo, lo bueno y grande cuesta.

¿Recuerdan lo que les comenté de las mujeres que se insinúan? pues a veces las malditas lo hacen solo para joderte. Ésta, después de la segunda dosis, me preguntó: ¿en cuánto te repones? Yo sin entender le digo, que después de lo vivido me siento mejor, que el lunes me reporto al trabajo. Ella me dice que no se trata del trabajo, que en cuánto estoy listo para echar otro pleito. Me recuerda que la única ventaja de salir con un menor es que tienen mucho aguante. Por orgullo le digo que cuando quiera. No bien terminé la palabra, la tengo encima, como una verdadera puma. Nos revolcamos como dos animales. En la lucha me arañó la espalda, mordió las orejas, escupió la cara y luego me lamió con todo y cuello. Terminamos aullando. Ella como puma y yo como cachorro. Luego me dijo que no me moviera, que me quedara tranquilo. Yo la complací y me quedé bocarriba sobre la cama. Ella se sentó sobre el bellaco y se movía lentamente con los ojos cerrados, tarareando una música suave y acariciándose el pecho. Yo la miraba extasiado. No podía creer que fuese la misma que minutos antes amenazaba con devorarme. Se veía hermosa. Sentí que las amaba a las dos. Después de unos cuantos movimientos, le respondí como hombre. Cuando acabamos estaba convencido de que ya no podría resistirme a nada.

Al terminar se sentó en la cama, fumó un cigarrillo sin mirarme, y dijo:

__Quiero aclararte que esto no cambia en nada nuestra relación. No te quiero en mi oficina a menos que lo solicite y por favor, no me llames. Yo te llamo… si te necesito.

Pecado original

De la noche a la mañana, Margarita se volvió una distracción para los miembros del sexo opuesto. Sus caderas se ensancharon y su pecho se expandió de tal manera que resultaba difícil mantener una conversación con ella sin que los ojos terminaran descansando maliciosamente sobre ellos. El padre Petronio estaba preocupado, veía como los jóvenes y no tan jóvenes feligreses, la observaban. El día en que varios parroquianos dejaron caer la ofrenda por estar atentos al par de senos que estaban detrás de la canasta, entendió que tenía que hacer algo antes de que varias de sus ovejas terminaran descarriadas.

En el sermón del domingo el cura inició invitando a leer y a reflexionar sobre la palabra.

—Queridos hermanos, en segunda de Corintios, capitulo 11, versículo 3, el apóstol Pablo nos dice: "Pero me temo que así como Eva fue seducida por la astuta serpiente, así también vuestros pensamientos puedan de alguna manera ser extraviados de vuestra sincera y pura consagración a Cristo".

Habló sobre las tentaciones del cuerpo y los deseos de la carne. Invitó a los jóvenes a mantenerse castos hasta el matrimonio. A los varones les recordó no tocar ni andar introduciendo la culebra irresponsablemente. A las jóvenes las invitó a vestir con recato para no tentar a los hermanos y les advirtió sobre la víbora, que no se dejaran tentar como Eva, que por su culpa fuimos desterrados del paraíso. Al final del sermón advirtió que esas acciones solo lograrán hacerlos sentir sucios y pecaminosos ante los ojos de Dios.

Pero el diablo es sucio y tienta hasta al más bueno. En el momento de comulgar, la joven cerró la boca antes de tiempo y la hostia se alojó en la pequeña ranura que separa los senos. Por instinto el padre Petronio introdujo la mano en el escote, pero con tanta torpeza que la oblea se hundió, tuvo que meter un poco más la mano y explorar las carnes tibias y firmes para encontrar el pan eucarístico, que luego depositó en los labios de la ruborizada Margarita.

Este incidente desató al hombre oprimido debajo de la sotana, por más que leía Corintios 11:3, no lograba calmar su propia serpiente. Margarita le perseguía por todas partes. De noche se perdía en la oscuridad de su negra cabellera y de día deseaba ser la cola de caballo con que ella lo recogía y dejaba caer sobre su pecho. A veces imaginaba que escalaba y conquistaba, en nombre de la iglesia, sus montañas sagradas, otras se sorprendía contoneando las caderas con la gracia con que ella lo hace al recoger la ofrenda.

A petición del párroco, el coro cantaba la misma

alabanza al inicio y al final de la misa:
"Si el espíritu de Dios se mueve en mí, yo salto como David. //Yo salto, yo salto, yo salto como David".
Margarita saltaba y él se quedaba distraído mirando los pechos subir y bajar, como se movían cuando ella aplaudía. Cuando ella abría la boca para tomar la hostia semejaba una ventana abierta del paraíso. Varias veces dejó caer el cuerpo de Cristo para ver si volvía a introducirse en el sendero estrecho que separa las montañas que se interponen entre él y el cielo, sin lograrlo, pero igual se placía con la vista obtenida cuando ella se inclinaba a recogerlo.
Bastaba con que el padre Petronio divisara a Margarita para que la víbora alzara la cabeza y caminara en dos patas. La serpiente lo instigó para que invitara a la joven a ver la colección de santos en su habitación de la casa parroquial y ya en el cuarto hablarle de las demostraciones de fe, del amor al prójimo y de la entrega incondicional. Era la serpiente la que contestaba a Margarita, que no atendía lo que hacía y cuando el cura estaba más concentrado ella preguntaba.
—¿Esto es pecado, padre?
—No, hija, no es pecado.
—¿Y por qué me siento sucia?
—Porque no piensas en Jesús, nuestro señor. Él limpia el pecado del mundo, sigue y piensa en el Redentor.

Margarita piensa en Jesús, en el Jesús atragantado en su garganta queriendo salir. En Jesús bloqueado por el glande en su boca, sin que pueda escapar.

—¿Tampoco esto es pecado, padre?

—No mi hija, no es pecado.

—¿Y por qué me siento pecaminosa?

—Porque me ves como un simple mortal y no como el representante de Dios en la tierra. Piensa que cuando estamos juntos estás más cerca del cielo, en la senda de la salvación.

Ella piensa en la pasión de Cristo, en el látigo que lo azota, en el clavo ardiente que entra y sale. Ella, crucificada cerca del cielo. Piensa en la sangre de Cristo derramada. Oye al padre implorar la presencia del Omnipotente, se aprietan uno al otro, se confunden, a coro gritan "¡Jesús! ¡Jesús! Jesússss!" Llegan a la gloria, se sienten salvos.

En vía contraria

El carro arranca rumbo a la Zona Colonial. Magdalena al volante, pide que alguien la guíe hasta el parque Colón, ya que con las remodelaciones de la zona es imposible transitar. Tú, acariciándole las rodillas, le dices: "Déjate llevar, negra, que te voy a llevar derechito". Y comienzan las explicaciones:

—Coge para la ciudad por el puente Ramón Matías Mella.

—Ajá, ¿y cuál es ése?

—¡El de las bicicletas!

—¿Y no lo puedes llamar como todo el mundo?

—Es para que nuestro invitado extranjero tome nota en caso que se nos pierda.

Amaurys, el escritor cubano que les acompaña, asiente con la cabeza mientras observa el paisaje detrás del cristal.

—Cuando cruces el puente coge la calle Arzobispo Meriño y sigue derecho.

En el camino se cruzaron con turistas perdidos y otros locos por perderse, tríos de guitarras que por unos pesos se transforman en el artista que quieras, con el Conde peatonal, el parque Colón

y la Catedral.
—En la próxima calle, que es la Padre Billini haces una derecha…
—¡Hijo de tu madre, me metiste en vía contraria!
—Sigue, no te preocupes, son solo un par de cuadras.
—¿Cómo que no me preocupe? Si nos detienen a mí es que me van a poner la multa.
—No te preocupes, yo ando con mi carnet.
—¿Carnet de qué?
—De asimilado.
—¡Gran vaina, un asimilado!
Amaurys y su amiga Doris, desde los asientos de atrás, disfrutan a carcajadas la discusión. Dando saltos entre los escombros de la historia acumulados en la vía y esquivando los carros, llegan al parque Duarte. Magdalena vuelve y se queja: "Habiendo tantos parques en la ciudad, tienen que escoger el de los pájaros". Tú también te quejas. El pasajero trasero, a pesar de ser foráneo, les explica que el parque está dividido: a la derecha están las lesbianas, a la izquierda los gays y al centro los heterosexuales. Te colocas en el centro y observas cada segmento. Los de la derecha e izquierda están claramente identificados. Los del centro lucen indecisos, como queriendo cruzar la línea divisoria, pero no se atreven. Sientes un morbo extraño en el lugar.
La noche baila al compás de una bachata alcoholizada. Observas el colmado al fondo del parque

y para que entone con el paisaje te lo imaginas bisexual. Te llama la atención la dependiente, una joven de pelo crespo exageradamente largo, teñido de rojo, azul y blanco, que apenas deja ver parte de un rostro aceitunado y juvenil. Piensas que es lo único que armoniza con la estatua de Duarte. Magdalena se une a un grupo de poetas, que una vez a la semana se reúnen en el parque para llevar cultura al pueblo, y que a falta de público que les escuche, recitan sus poemas entre ellos. Te paras a ver los jugadores de dominó frente al colmado. Un hombre de tríceps y bíceps muy bien trabajados hace frente con la esposa. Ella te invita a que la sustituyas en el juego y va por cervezas. El juego lo completan los pasajeros de la parte trasera que siguen riendo mientras disfrutan la invasión de humo en las vías respiratorias. Doble seis a la mesa, al igual que las cervezas. Quedas de frente al colmado y te entretienes con el arcoíris que entra y sale del colmado, mientras acuestas las fichas y empinas la botella.
Entre fichas y tragos levantas la cabeza y observas como la esposa de tu frente intercambia salivas por encima del mostrador con la chica del pelo tricolor. Miras a tu compañero y piensas en el descaro de la esposa. Estás a punto de sentir lástima por él cuando notas una mano que te acaricia la rodilla debajo de la mesa. Levantas la mirada y te encuentras con unos ojos que te provo-

can desafiantes. Gritas nervioso: ¡Paso!, luego te das cuenta que pasaste con ficha. La mano continúa en tu rodilla y no haces nada para impedirlo. Tampoco te inmutas cuando inicia su ascenso acariciando la entrepierna. Sientes una sensación ambigua entre halagado e indignado. Lo miras en detalles. Se ve muy bien, bien vestido, bien peinado, bien en forma. Cuando vas a pensar que está bien bueno, desechas el pensamiento y le echas la culpa al parque y sus visitantes. Te dices que tiene que ser el ambiente pues tú eres macho, varón, masculino. Pero la mano avanza y no la paras. Cuando te lo acaricia, te acomodas para que pueda tocarlo mejor. Él hace una seña para que le acompañes. Titubeas. Recuerdas las palabras que le dijiste a Magdalena: "Déjate llevar y te llevaré derechito". Sientes miedo. "Déjate llevar, déjate llevar", se repite como un eco en tu cabeza. Te levantas y cruzas al lado izquierdo acompañado del fortachón. Buscas reconstituirte emocionalmente, respiras hondo y te dices: "Ay ombe, en vía contraria también se llega".

No tan cortos

Herencia maldita

—Tumbaron la vieja.

—¿Que tumbaron a quién? ¿Quién me habla?

Reconocí la voz de mi hermana, pero tenía que estar segura, no podía creer que precisamente ella me llamara para darme la noticia.

—Soy yo, Francia.

—¿Está muerta?- pregunté ansiosa.

—¡Por Dios!, mujer, parecería que quieres que se muera. No, solo tiene un brazo roto.

—Perdón, me sorprendió tu llamada. No habías vuelto a llamar desde la noche aquella.

—Lo sé y lo siento mucho, mana. Los últimos acontecimientos me han hecho pensar que estuve equivocada. Ya no sé qué creer.

—¿Qué fue lo que pasó?

—Todo es un lío, los vecinos dicen una cosa y la vieja otra. ¿Tienes tiempo para oír las dos versiones o estás ocupada?

—Tengo tiempo, hoy estoy de niñera del nieto- le digo mientras me acomodo el niño en las piernas.

—¿Te acuerdas de doña Tata, la que vive en la curva antes del arroyo?

—¿La mamá de Bélgica?

—Esa misma. Pues resulta que tiene una nieta parida. Cuenta la abuela que fue temprano a conocer y llevarle un regalito al niño, que cuando regresaba a la casa se sintió mareada y resbaló por la cañada y que estuvo horas inconsciente hasta que la rescatamos en medio del desrisco con un brazo partido.

—Tuvo suerte que no fue más grave.

—La salud de abuela no es grave, pero ahora nos miran como bichos raros, el chisme anda de boca en boca y se han disminuido considerablemente las visitas de los vecinos. Hasta tu madrina que venía todas las tardes a tomar café con la vieja dejó de venir.

—No es posible que en el campo estén tan atrasados y sigan creyendo en cuentos de brujas y vampiros chupasangre.

—Con la versión de los vecinos, cualquiera se manda.

—¿Y qué es lo que dicen?

—Que la vieja fue a prima noche a ver al niño, con intenciones de conocer el terreno y regresar en la noche. Como sospechaban que abuela era bruja, se organizaron para esperarla. Llamaron a Chente, el ensalmador y éste la sorprendió en el acto convertida en una tarántula. Disque cuando dijo: "Sin Dios y sin la Virgen María" para salir volando, Chente, con el machete en una mano y un puñado de sal en la otra, dijo el conjuro que

evitó alzara vuelo:
—¿Pues tiene conjuro y todo?
—Claro. De tanto escucharlo estos días, creo que hasta me lo sé.
—No relajes y ¿Cómo dice?
—"Con Dios delante, con Dios detrás, con Dios por todos lados. Con el dios del sol, dios del mar y dios de la tierra. Con cualquiera de ellos que responda. Con María Inmaculada, María Concepción, con la Virgen María, y con las pocas vírgenes que quedan en la tierra". Algo así.
—¿Crees que funciona?
—Yo no sé y como comprenderás no me atrevo a preguntarle a la vieja, pero en fin, dicen que en medio del alboroto Chente logró darle un machetazo en una de las patas a la tarántula antes de que desapareciera ante los ojos de todos.
Te imaginaste la araña y con la misma fuerza de la historia te fuiste transportando al pasado, a un pasado confuso, donde te veías bebé en la cama, visitada por tarántulas negras, que te acariciaban y mordían. Oías tus gritos de niña enmarañados con cantos de cuna y por un momento comprendiste que fue ese recuerdo escondido y difuso lo que te dio la fuerza para acusarla aquella noche cuando llegaste a la casa y escuchaste el llanto de tu hijo. Sospechabas que ella estaba en la habitación. Trataste de entrar. La puerta estaba cerrada. El llanto continuaba. Gritaste para que abrieran. Nadie respondía. Solo escuchabas

al niño llorar. Forzaste la entrada. Corriste a la cuna. El bebé estaba solo, privado del llanto y con el vientrecito ensangrentado. Un rastro de sangre en la pared se perdía justo en la ventana abierta donde las cortinas salpicadas de sangre se mecían al compás de la brisa.
Ahora entiendes de donde te salió la fuerza y la seguridad cuando mirándola a los ojos la acusaste de chuparse a su propio nieto. Recordaste una a una las caras de desconcierto de tus hermanos acusándote de loca, irrespectuosa y desconsiderada. Cómo Francia te tiró la ropa a la calle y te echó de la casa materna. Cómo fueron retirándote la palabra y excluyéndote del seno familiar, pero sobre todo recordaste la cara insensible de la abuela, su mirada fría y los labios que apenas se movieron al decir "Serás maldita mientras yo viva"
—Aló, aló, ¿sigues ahí?
—Sí, estoy aquí- contesté, mientras contemplaba ensimismada, con los ojos lagrimosos, las dos gotas de sangre que salían del ombligo del nieto que descansaba en mi regazo.

Solo quiero algo para comer

Vueltas y vueltas en la cama sin poder juntar pestañas. Los ruidos estomacales compiten con la música del colmadón. Los cristales de las ventanas del dormitorio vibraban a ritmo de dembow y tus vísceras con ellos. Miras el reloj del celular. Una y treinta, mascullas entre dientes, calculando que a la música le queda, por lo menos, dos horas. Te levantas. Abres la nevera buscando algo que ingerir, no hay nada que no tengas que cocinar. Recuerdas que apenas habías probado bocado en todo el día y por eso el ardor en el estómago. Te pones la camisa decidido a salir para la calle a buscar algo. Al pasar junto a la habitación de tu madre te detienes. Sabes que a pesar de las pastillas, la música no la deja dormir. Piensas que el Nubain ya no le hace nada y que tendrás que pedirle algo más fuerte a la doctora. Abres la puerta con suavidad. La miras en su cama más pequeña e indefensa que nunca, tapando los oídos con los huesos que alguna vez fueron manos. Manos que te llenaron de caricias y mentol en los días de enfermedad. Enfermedad que se ha instalado en su cuerpo y por más que han luchado no pueden desalojar. Los últimos estudios muestran su título de propiedad. El cáncer se ha esparcido por todo el cuerpo. "Llévame a casa, quiero morir en paz en mi cama", te dijo en el hospital. A ti no te quedó más que complacerla.

Abrió sus ojos ahuecados y te miró con la ternura de siempre y te expresó:

—Tampoco tú puedes dormir.

—Voy a salir por algo de comer -le dices.

—Es un poco tarde, mira a ver si hay algo en la nevera -te contesta.

—Ya miré y no hay nada, despreocúpate voy a la fritura de la esquina, a esta hora está llena de gente -le dices para que no se inquiete.

—No tardes, no quiero estar sola cuando llegue la muerte -te dice extendiéndote una mano.

—No será hoy -respondes, mientras tomas su mano y le besas la frente.

Doblas la esquina y te encuentras con una noche que se niega a ser mañana. En tu camino esquivas motores y carros parqueados en la acera, grupos de jóvenes con cerveza en mano que discuten sobre quién es mejor, si Jordan o Lebrón, y parejas a punto de llegar a un acuerdo para fornicar. Pasas frente al colmadón y miras las enormes bocinas. Recuerdas todas las veces que has querido que exploten llevándose a su dueño en la explosión. Ellas como si conocieran tus deseos te sueltan un "¿Dónde están las mujeres que no tienen mariiio?" Yo también quiero saber, piensas y como respuestas las mujeres, incluso las que andan acompañadas, levantan las manos, contonean las caderas y gritan: ¡Aquí!

Llegas a la fritura. El dependiente, un hombre alto de contextura fuerte, te pregunta a gritos:

—¿Qué puedo servirte? -mientras se seca el sudor con el delantal.

—Solo quiero algo de comer -le respondes, a gritos también.

—Escoge -te dice o al menos eso entendiste, mostrando la vitrina.

Mientras te decides, el hombre atiende otros clientes. Observas las opciones: pollo, res y cerdo en todas sus variedades, acompañado con yuca, guineítos o tostones. Revisas los bolsillos. Solo cargas un billete de doscientos pesos. Pides un servicio de ciento cincuenta de pollo horneado con yuca. Te sientas a esperar. Como si la música del colmadón no fuera suficiente, una yipeta se estaciona al frente y le hace la competencia al grito de "Hoy se beeebe". Esto es el infierno, piensas, observando a tu alrededor. La mayoría son mujeres, a medio vestir y a medio tomar. Una de ellas te sonríe y le devuelves media sonrisa por cortesía. Se sienta en tu mesa sin invitación. Te dice algo que la música no te deja oír. El camarero trae una cerveza grande. Le explicas que no has pedido nada más y que solo esperas por tu orden. La joven se sirve un vaso y lo toma de un trago. La observas detenidamente, no ha de tener más de veinte años, pero el maquillaje, la ropa y la actitud la hacen ver mayor. Ella pronuncia palabras que no escuchas. Luego bebe a pico de botella y deja derramar un poco de líquido que rueda por la comisura de los labios hasta el pecho. Para secarse, mete ambas manos en su escote y se acaricia las tetas mirándote con ojos de gata en celo. El estómago volvió a sonar pero por el bullicio solo lo sentiste. La joven sigue hablando. Tú tratas de descifrar lo que dice. Ahora tiene la punta de la botella en la boca y pasa la lengua lentamente. Te sigue mirando con ojos felinos. Miras al dependiente que sigue atendiendo a otros clientes. Le haces una seña. Él dice algo que se gasta antes de llegar a tus oídos. La felina sigue hablando y ya no haces nada por entenderla, te limitas a sonreír y asentir con un movimiento de cabeza. Ella se levanta y te toma de la mano. No entiendes nada, pero te dejas llevar. Pasan frente al sudado dependiente que te sonríe. Preguntas por tu orden. Él grita otra cosa que también se pierde. Atraviesan un pasillo alumbrado por una luz roja. El vaho a orines y cerveza resacada te dan náuseas. Abres la boca para decirle algo, pero ella ya tiene tu pene en la suya. Le dices que no, que solo quieres algo de comer, pero no te escucha y si lo hizo, no te hace caso y sigue jugando con tu flácido miembro. Ella trabaja por erguirlo y tú por salir de ese baño hediondo. Recuerdas a tu madre con los huesos sobre los oídos y su "no quiero morir sola". La joven insiste y las náuseas también, sin ningún resultado. Las bocinas vuelven a preguntar ¿Dónde están las mujeres que no tienen mariiio? Y la joven suelta tu miseria para levantar las manos. Las náuseas ganan. Un líquido amarillento sube por tu garganta y termina empapando la cabeza de la joven. Ella se levanta furiosa y estira tu miseria como goma de tirapiedras. Sientes un dolor que sube por la espina dorsal hasta la cabeza. La empujas por instinto y cae sobre tus vómitos. Luego el grito de la joven que no ahoga la música. El dependiente que abre la puerta. Los puñetazos y empujones. La cuenta, que además de la cena, te cobra una cerveza y otros servicios. Aturdido preguntas qué significan los trescientos pesos de otros servicios. El tipo te mira y pregunta ¿te vas hacer el pendejo, coño? Mirando a la joven que trata de limpiarse los vómitos. Te quejas y te resistes a pagar. El dependiente dice cosas que no escuchas, pero por los ademanes sabes que no son buenas. Le gritas frustrado que solo querías algo de comer. No viste de dónde salió el golpe. La música por fin paró. Te despiertas. Un fuerte dolor de cabeza te aturde. Tratas de pararte, pero el dolor te lo dificulta. No comprendes nada. Un guardia pasa por el pasillo y te señala la bandeja con el desayuno: pan con chocolate de agua. Lo miras y le dices:

—Ya no tengo hambre.

Piensas en tu madre, que está ya sin medicar, en los malditos motores que tampoco de día la dejan dormir, en su "quiero morir en paz en mi cama", piensas que está sola esperando que llegues o quizás… ya no espera.

La deuda

Me dijo no, pero ese no, no era un simple no, o un no cualquiera, era el primero no en diez años de casados. Nunca antes se había negado. Sin importar las diferencias diurnas, al llegar la noche todo quedaba resuelto. La respuesta negativa no me amilanó y traté de acariciarla, era lo único que se me ocurría para tratar de retribuir su sacrificio. Fue entonces cuando de un salto se levantó de la cama y como si hablara en cámara lenta, para que la entendiera, me dijo, «No me toques».

Te quejas de que ella no entiende que tu problema de juego es una enfermedad, que por más que has tratado no has podido curarte del todo. Reconoces que eres débil, que sucumbes ante la ilusión de dar un golpe que te haga recuperar lo perdido. Te excusas pensando que solo el que ha sufrido ese mal sabe lo que es tener el pálpito, la esperanza puesta en una jugada, tocar el dinero que vas a ganar en cada apuesta sin el temor a perder.

Tú has tratado, quizás no lo suficiente, pero has

tratado. En una época, para complacerla, te convertiste al cristianismo. Domingo tras domingo fuiste al culto. Los miércoles reunión de caballeros. Viernes reuniones de parejas. Tres días a la semana dedicados al aprendizaje de la palabra, escuchando como tu alma arderá en el infierno de no vencer tus tentaciones.

Todo iba bien hasta que empezaste a ver que el Señor te enviaba mensajes a través de las combinaciones de capítulos y versículos. Al principio, pegaste con jugadas que te favorecieron pero eran demasiadas combinaciones de capítulos y versículos. Terminaste perdiendo el negocio familiar. Pasó meses sin hablarte. El pastor y los hermanos de la iglesia tuvieron que interceder a tu favor. No se divorció porque la religión no lo permite. Le prometiste que nunca más jugarías la lotería. Así lo hiciste. Desde ese día no has vuelto a jugar ninguna de las quince loterías legales o ilegales.

Buscaste entretenimientos más sanos como los deportes. Ella empezó a sospechar que algo raro pasaba cuando celebrabas los triunfos de Escogido y Licey por igual, cuando maldecías a los árbitros y jugadores si las jugadas no te favorecían, cuando manifestabas un interés poco común por los deportes no tradicionales, y pudo comprobarlo el día que se llevaron su carro que recién había terminado de pagar y que estaba a tu nombre. Tú piensas que ella es estúpida, pero no. Revisa tu cartera y encuentra los recibos de las jugadas. Se traga las lágrimas cada vez que sales con un cuento: me atracaron, se dañó el vehículo, le mandé el dinero a la vieja para las medicinas. Crees que la engañas, pero en verdad no engañas a nadie. Los vecinos viven murmurándote, te ven entrar y salir de la banca de juegos con la Biblia en mano. El pastor le dice a tu esposa que tiene que ponerte en oración, ayunar, que no puede dejarte, que ese es el marido que el Señor le dio, que todo tiene un propósito, que debe doblar las rodillas y pedirle a Dios que la ilumine. Pero se cansó. Lo de hoy fue el colmo. Reconoces que eres un cobarde, lo comprobaste la noche que perdiste tu auto en los caballos. Con el auto perdiste también la cabeza, llegaste a la casa con intenciones de terminar de una vez por todas con en esa maldita enfermedad, tomaste el arma de la mesa de noche. Te sentaste al borde de la cama. Te apuntaste a la boca. Quedaste en esa posición hasta que el cañón se llenó de lágrimas y baba. Con una mano temblorosa la sacaste de la boca y colocaste en la sien, pero apareció ella en el umbral de la puerta y te arrebató el arma. Luego maldijo la hora que impidió que te volaras los sesos, lamenta no haberte ayudado a salir de ese infierno. Si te hubiese dejado, en estos momentos sería viuda, y no estaría en la calle tapando su vergüenza con la Biblia. Siempre supo que perderían todo por culpa del juego.

Ya no quedan propiedades que apostar, ni prestamista que engañar, jura que lo de hoy no te lo va a perdonar nunca.
El otro agradeció a Dios, ver cómo perdías toda la noche, cómo se fueron retirando de la mesa los jugadores con tu dinero y pertenencias. Sabía que no pararías hasta perderlo todo. Cuando esto ocurrió, te levantaste para retirarte y fue cuando te lanzó la propuesta:
—Todo, te apuesto todo.
—Ya no me queda nada -ingenuamente respondiste.
—Toda la ganancia de la noche por tu mujer.
Gagueaste, balbuceaste, pero él no te dio tiempo para pensar.
—No es que me la entregues, es solo un rato.
Miró el brillo en tus ojos al observar la pila de fichas y sonrió satisfecho cuando tomaste asiento. Cuando el crupier repartió las cartas por poco se infarta. Esa mano fue la prueba irrefutable de que por fin Dios oyó sus súplicas: ocho de pica, ocho de corazones, ocho de diamantes, ocho de trébol, dos de diamante y dos de corazones. "Full House"
Cuando llegaste a medianoche acompañado del otro, ella no podía dar crédito a lo que le pedías. Precisamente él, quien nunca le ha perdonado el desaire de juventud, que el día que lo planchó juró que un día sería suya. No podía creer que la empujaras a la habitación y te quedaras en la

sala sentado mientras otro entraba a tu cama con tu mujer.

Ella sintió unas manos que la despojaban de la bata, unos brazos firmes que la ceñían y la tibieza de una respiración salpicada de tabaco y alcohol en la nuca. Por momentos deseó esas manos recorriendo su cuerpo, esa respiración entre sus senos. Anheló a ese extraño como hacía años no te apetecía. Su cuerpo temblaba ante la vergüenza de esos apetitos impuros que no podía contener, irrumpió en llanto. Ante su temblorosa desnudez y las lágrimas, él se quedó abrazándola largo tiempo mientras con caricias dibujaba mapas en su cuerpo. Ella pedía a Dios que los continentes se ensancharan, que las Antillas menores crecieran y las mayores se agigantaran para que sus manos cubrieran todo su cuerpo, quería besarlo pero no se atrevía, entre sollozos rogaba a Dios que él tomara la iniciativa, que cumpliera la amenaza hecha tiempo atrás y la hiciera suya. Tu contrincante tenía una década observándola, esperándola, amándola en silencio. Podía morir tranquilo, la tenía en sus brazos sintiendo su cuerpo temblar junto al suyo. Quería tenerla, consumar esos apetitos insatisfechos que habían impedido que amara a otra, pero no de esa forma, quería que ella lo deseara, lo disfrutara, que lo amara. En medio del llanto, la abrazó y le susurró con ternura.

—Por favor, no llores, no tienes de que preocuparte, ya la deuda está pagada.

Estás seguro de que ella te va a entender y perdonar como lo hace siempre, según tú no es un sacrificio, es una prueba de amor. Le explicaste que nada va a cambiar, que la seguirás queriendo igual, quizás más que antes por esta abnegación. Te corroe el silencio dominante en la habitación. Ni un suspiro ni un quejido. Enciendes un cigarrillo, con ese prendes otro y con él otro, otros, hasta dejar la cajetilla vacía. ¿Cuándo es que va a terminar? Te preguntas a cada rato. Por fin... lo viste salir de la habitación abotonándose la camisa. Salió de la casa con prisa sin dirigirte ni mirada ni palabra.
Gracias, le dijiste gracias, como si fuera nada, como si estuviera pasándote algo que se te cayó al piso.
—¿Qué te pasa? ¿Por qué hoy no te puedo tocar? Recuerda que eres mi mujer.
Te miró con unos ojos nuevos, que no conocías hasta entonces, se levantó la bata y agarrándose el pubis te gritó:
—Sí, soy tu mujer, pero esta vaina es mía, que te quede claro, mía y recoge tus cosas, que hoy mismo te largas de la casa, coño.
— No quieres que te toque porque te gustó cómo él te lo hizo. Maldita puta, dime ¿lo disfrutaste? ¿Lo gozaste?
—Suéltame. Déjame en paz de una vez y por to-

das. Maldigo la hora que te cruzaste en mi camino – gritó, mientras se refugiaba debajo de la sábana.

La miraste en la cama y te la imaginaste minutos antes disfrutando besos y caricias en los brazos del otro, gimiendo entre dientes para que no la escucharas. No controlaste la furia que se alojó en tus manos dándole vida propia. Viste como se estrellaban en su cara una y otra vez, como aprisionaban su garganta estrangulándola. Querías borrar con los golpes su imagen en brazos del otro, desnuda y satisfecha como hacía mucho que no la veías, sin logarlo.

—¡Estamos casados hasta que la muerte nos separe, coñazo!- vociferaste exhausto desplomándote sobre su cuerpo.

Adolorida y a tientas abrió la gaveta de la mesa de noche. Extrajo el arma. Te miró otra vez con los ojos recién presentados y con la misma lentitud con que apretaba el gatillo te susurró al oído:

—Pues… nos acaba de separar.

El dije

Jugaba con el colmillo de jabalí, convertido en dije, que él me había regalado, mientras escuchaba a mi marido recitar la misma letanía del día del viaje:

—Mira a ver si vas al gimnasio. Nada de lo que te pones te queda bien.

—Lo sé, querido -le digo sin ánimos de discutir.

—Si te dejo, nadie se va a fijar en ti.

Le oigo mientras rodaba el dije de derecha a izquierda en la cadenita y mi mente se mudaba al aeropuerto días antes. Por primera vez viajaba en primera clase. Cuando abordé mi asiento lo ocupaba un joven. A su lado otro tan joven como él, pero menos apuesto. Los miré y tomé el asiento de al lado, separado por el pasillo. Los jóvenes conversaban amenamente. No quería interrumpir, pero temía que el dueño del asiento que ocupaba apareciera a reclamarlo, por lo que me animé a preguntar:

—Perdone, caballero, ¿qué número es su asiento?

—Tres A -respondió.

—Creo que tenemos un problema. Yo tengo ese

mismo número de asiento -le digo mientras le muestro mi tique de abordaje.
Me miró con ojos picaros y me mostró una dentadura perfecta al preguntar y ¿entonces qué hacemos? Le devolví la sonrisa y le dije: "Podemos irnos a los golpes y el que gana se queda con el asiento". Estalló de la risa con la ocurrencia y me dijo: "No te preocupes, el asiento en que estás es el mío, así que nadie te va a parar.
—No hay problemas -le respondí, notando lo hermoso que era. Me lamentaste no tener una hija soltera para presentarle. Debía medir un poco más de seis pies y pesar unas doscientas libras, el pelo negro peinado para atrás, la barba corta y bien cuidada. Parecía un actor de cine y me refrescó la vista al mirarlo.
Aprovechando las ventajas de viajar en primera clase, estiré las piernas y me acomodé para repasar la presentación que tenía al llegar a Colombia. Apenas había leído un par de páginas cuando sentí que alguien tocaba mi hombro, volví la cara y me vi reflejada en sus ojos. Antes de que pudiera abrir la boca me preguntó ¿Cómo te llamas?
—Elsa – contesté.
—Esteban. Un placer, Elsa.
¡Claro!, tenía que llamarse Esteban, como el ahogado más hermoso, solo que él era de proporciones normales y a diferencia del Esteban de García Márquez, estaba vivo y coqueteándome.

—¿A qué te dedicas?
—Soy contadora en una oficina pública.
—El gobierno paga muy bien en tu país, aquí los contadores públicos no viajan en primera clase.
—¿Qué te hace pensar que no tengo para pagar un tique en primera clase? -Le digo consciente de que él tiene razón, que viajo en primera, porque era lo único disponible y tenía que estar al otro día temprano en la conferencia.
—Me gusta tu boca –me dijo como respuesta.
Me sorprendió el cambio brusco de la conversación y lo miré incrédula tratando de adivinar sus intenciones. Primero se me ocurrió que el tipo pertenece a la guerrilla y como viajo en primera clase, cree que tengo dinero y planea secuestrarme para pedir rescate. Después supongo que pertenece a una red de narcotráfico que se dedican a reclutar personas para usar como mula y terminaré con la vagina llena de droga. Por último me imagino que es miembro de una mafia que trafica órganos humanos y terminaré en una bañera con hielo como las historias del facebook. Éste ultimo pensamiento lo desecho pensando que, de ser el caso, escogerían personas más jóvenes y saludables. Pienso cualquier cosa menos que pudiera gustarle. Había ganado libras y las acumulé en la cintura, además la diferencia de edad era abismal, así que en mi cabeza no cabía la idea de que pudiera sentirse atraído por mí.
Él, como si te adivinara mis pensamientos me

dijo:
—Eres la primera mujer mayor que me atrae, me gustaría estar contigo.
— ¿Cómo así? –le digo haciéndome la idiota.
—Salir, cenar, tomarnos unos tragos. Se me ocurre que te puedes quedar en una de mis casas. Tengo varias en la ciudad.
—De verdad, me siento muy halagada, pero soy una mujer casada.
—Yo también, así que en esa estamos empate.
—Además, no me gustan los menores -le respondo confundida
—Eso no es problemas, soy mayor de edad -me dice mostrando su pasaporte y humedeciendo los labios, provocándome.
Miré su lengua acariciar los labios, me acaloré y pensé: no es nada, Elsa, es solo la menopausia y le respondí:
—No tanto como yo. Si te fijas puedo ser tu madre.
—Gracias a Dios no lo eres, pues sería capaz de cometer incesto por estar contigo.
Le sonreí y regresé al informe. Hice todo lo posible por concentrarme, pero el sentirme constante observada no ayudó. Pensé que eran muchas tentaciones para un solo día, así que guardé la computadora y fingí dormir.
Al salir de la terminal busqué un cartel con mi nombre o con el logo del congreso. Pero no había nadie. Él aprovechó para insistir:

—Vente conmigo, pasemos la noche juntos". Me lo pedía con voz excitada, haciéndome titubear. Respiré aliviada cuando divisé el letrero del hotel con mi nombre, me apresuraste y te me despedí con un "fue un placer". Me siguió hasta el vehículo. Antes de que entrara se colocó detrás y te susurro al oído:

—Nos vemos luego.

Volví a sentir el calor menopáusico.

Lo primero que hice al llegar a la habitación fue llamar a Alberto.

—¡Pero mujer! la verdad que no puedes vivir sin mí. Te acabas de ir y ya estás llamando.

—Solo quería informarte que llegué bien, cariño.

—Okey, suéltame un chin y disfruta. Recuerda controlarte la boca, que te conozco. Eres como el peje: mueres por la boca.

—Está bien, querido. Te dejo que tocan la puerta, seguro me traen mi maleta -le expresé un poco molesta y otro tanto contrariada y tomé cinco dólares de la cartera para dar de propina.

—Espero que la cama sea lo suficientemente grande como para dar maromas -dijo tan pronto abrí la puerta y pasó sin invitación. Vi sin poder pronunciar palabras como se despojaba del saco y lo colocaba en el respaldo de la butaca.

—¿Qué haces aquí? -le pregunté cuando pude articular palabras.

—Te dije que te veía luego –indicó, desaboto-

nando la camisa.
—¿Pero cómo me encontraste?
— Aunque la cadena de hoteles es grande, solo hay uno en la ciudad y solo una Elsa se acaba de hospedar -comentó colocando la camisa encima del saco.
— Pero el hotel no puede darte el número de habitación ni dejarte pasar sin mi autorización.
—Todavía no conozco información que no se obtenga por un par de dólares y como que son muchos peros para una noche –comentó, quitándose los zapatos.
—Pero… es una locura.
—Locura sería desperdiciar la noche y luego arrepentirnos de lo que pudimos vivir y no vivimos -dijo quitándose los pantalones.
Lo miré frente a mí en pantaloncillos, lo recorrí de arriba abajo convencida de que tiene que ser más bello que el ahogado de Gabo, estaba segura que si las mujeres de mi pueblo pudieran verlo en ese momento, todas suspirarían y sentirían lástima del marido que tienen en casa. Ese era Esteban, mi Esteban de una noche.
No tuve ni quise fuerzas para negarme. Me abandoné en unos brazos desconocidos, sabiendo que no tendría tiempo para conocerlo,

que no habría ni pasado ni futuro, solo presente y lo viví. Entre gemidos sentí como deslizaba por los chichos de mi barriga manos, dedos, lengua y terminaban entre mis piernas hasta hacerme gritar de placer. Yo, agradecida, degusté su lengua y jugaba a las escondidas, hasta que cansado de jugar, explotaba y me pedía una tregua. Yo se la daba y seguía acariciando su carne fresca, grabando cada centímetro de piel en mi memoria, hasta que recuperaba las fuerzas, me saluda y volvían las escondidas, él ocultándose y yo disfrutando de un sexo donde no eras comparada con mis amigas. No me importó si al día siguiente aparecía en los principales periódicos "Secuestran invitada a congreso" "Participante internacional es usada como mula" o "Mujer extranjera es encontrada sin órganos". Estaba segura que en cualquiera de los casos mi foto aparecerá con una sonrisa. Nunca antes me había sentido tan liberada, tan Yo. Esperé en la cama mientras él tomaba un baño. Al salir me lanzó una mirada cargada de agradecimientos, se situó a mi espalda, se quitó la cadena que pendía de su cuello, la colocó en el mío y dijo: "Como no volveremos a vernos, quiero que la conserves y recuerdes esta noche cada vez que la mires".

Me besó suavemente mientras susurraba: "Eres maravillosa, gracias".

Lo vi partir con el saco descansando en un hombro, la camisa a medio abotonar y el pelo mojado. Cerró la puerta tras de sí y solté una carcajada.

—¡Te ríes! ¿Tú crees que estoy relajando? si te dejo, nadie se va a fijar en ti - insistía mi marido.

Miré la forma del dije y me di cuenta que si ponía el colmillo en posición contraria era idéntico a un cuernito. Estallé de la risa y mostrándole el cuerno, como quien exhibe un trofeo, le dije: "Sí, mi amor, tienes toda la razón... Nadie". Respiré profundo y me dispusiste a disfrutar otro de mis calores.

El préstamo

Conduces a la farmacia para comprar el medicamento que le recetaron a tu madre. Entre semáforo y semáforo ruegas que el dinero que cargas en el bolsillo alcance para pagarlo. Eres un hombre organizado en asuntos económicos, pero la operación a corazón abierto de la vieja te descontroló el presupuesto. Tienes las tarjetas de crédito al tope y los préstamos atrasados. A la preocupación por la enfermedad se suman las constantes llamadas del banco, cobrando. Una máquina comienza a llamarte una semana antes para recordarte que "en ocho días se vence el pago, en siete días se cumple, en seis, en dos, mañana se vence, si ya pagó ignore la llamada". Luego ya no son tan sutiles. No es una máquina. Ahora llama Cesarina Pérez, entrenada para cobros compulsivos, más fría que la máquina. No entiende de razones ni problemas ajenos. Te hostiga, como si lo disfrutara. "Su préstamo venció ayer… tiene cinco días de vencido… una semana" —tres veces al día y

tú cada vez más agobiado.
— ¿Para cuándo el pago? –insiste la joven.
— Ya le he dicho que el quince –le repites por enésima vez- tan pronto cobre paso por la oficina.
Parece que no toma nota. Sigue llamando. Intensa. Ocho en punto la primera llamada que te daña el día. Tienes miedo de contestar el celular. No tienes forma de pagar antes del quince. Gracia a Dios solo faltan dos días.
Llegas a la farmacia y al momento de pagar compruebas que el dinero a penas te alcanza, tienes que rebuscar en los compartimentos del carro para completar. El seguro cubre medicamentos, pero con la cirugía se agotó la cantidad mensual, tienes que esperar el próximo mes para tener cobertura y el corazón deteriorado de la vieja no entiende eso.
Llegando a la casa suena el celular. Miras el número, notas que es el banco y decides ignorar la llamada.
Entras a la habitación y encuentras a tu madre, con el pecho literalmente partido al igual que el corazón. Grapas enormes unen el pecho que notas agitado, mientras habla por teléfono.
— Mi hija, él va a pasar el quince. El problema es que me operaron y tuvo que tomar el

dinero para pagar la clínica.

— ¡Mamá, por favor, cierra el teléfono! –le gritas aterrado al darte cuenta que es la cobradora del banco.

— Ya sé que está retrasado, pero en la clínica, no me daban de alta hasta que pagáramos y la cuenta seguía aumentando –dice tu madre agitada.

— ¡Vieja, deme el teléfono, por favor! Usted no se puede alterar.

— ¡Mi hijo no es mala paga! ¡él es un hombre serio y trabajador! –grita apretándose el pecho.

El teléfono se desliza entre sus piernas que no la sostienen y se va desplomando lentamente, como en cámara lenta. Llamas al 911. Tardan un tiempo, que parece eterno antes de contestar, luego las preguntas de rutina y otras estúpidas. Por fin oyes que la ayuda va en camino.

Tienes ganas de reclamarle por contestar el teléfono, pero apenas tiene un hilo sosteniéndole la vida.

Una semana recluida en el hospital, sostenida a la vida por un hilo delgado. Las llamadas continúan. No respondes, no tienes nada que decir. El dinero llegó y se esfumó, se quedó en los bolsillos de los doctores y en las cajas registradoras de los laboratorios y las farmacias. Una semana suplicando mejoría, hasta que el doctor te da la noticia:

— La decisión es de la familia, pero la medicina ya no puede hacer más nada, el ataque fue fulminante –te dice.

— ¿Pero, existe alguna posibilidad?

— La ciencia tiene sus límites, hijo. Solo un milagro podría revertir los daños. Le advertimos que tenía que estar relajada y no incomodarse, por lo menos las primeras semanas. El hilo se rompió. Aprietas dientes y puños. Tragas para deshacer el nudo en la garganta y devuelves las lágrimas que amenazan con salir. Decidido te incorporas de la silla, le susurras algo al oído a tu madre inconsciente y le ruegas al médico que no la desconecte antes de las seis, cuando estarás de regreso.

Desde el carro llamas a la gerente del banco y le solicitas la dirección del departamento de cobros. Habías preparado una serie de razones para justificar el pedido, pero no tienes que usar ninguna. La gerente, muy amable, te la facilita sin hacer preguntas.

Llegas al viejo edificio y contemplas la zona: una escalinata al afrente, luego una calle interna que separa la edificación del amplio parqueo. Tomas unas flores que compraste de camino.

— Perdone, busco a Cesarina Pérez.

— ¿Esas flores son para ella? –pregunta la recepcionista incrédula.

— Sí, joven.

— ¡Joder! a la verdad que cada día estoy más sorprendida. Al final del pasillo, la ultima puerta a su izquierda. Pero debe dejar una identificación antes de pasar.

— Lo siento, no cargo ninguna identificación. Verás, es que se me quedó la cartera –le dices, pensando que eso pudiera complicar las cosas.

— Yo lo siento más, pero es la política del banco. Ahora bien, puedes dejar las flores y Cesarina las recoge luego –insiste ella.

Esa opción no te conviene. Tienes que verle la cara.

— ¿Podrías llamarla?, es que tengo que ver su reacción al recibir las flores. Es parte del encargo.

— Eso sí puedo hacer, claro.

La miras atravesar la puerta de cristal y te sorprende lo insignificante que se ve. Nada que ver con la voz autoritaria que te llama tres veces al día. Es lánguida, de pocas carnes y muchas ojeras, arrastra un aire de mujer insatisfecha. Por un momento pensaste golpearla hasta oírla pedir perdón. Pero ese no era el plan. Te limitas a entregar las flores, mientras la gravas en la memoria. Ella, medio sorprendida, las toma y se queda mirándote por un momento, luego abre la tarjeta y lee en voz alta:

"Disfrútalas, pues pronto morirán"

— De seguro es un cobarde ridículo. Ni siquiera firma la tarjeta y claro que morirán pronto –dice mientras arroja las flores al zafacón más cercano.

Te mira con sus ojos cadavéricos, atraviesa la puerta y su figura se va diluyendo poco a poco detrás del cristal, hasta desaparecer por completo.

Esperas una hora en el estacionamiento antes de verla salir. Ves su cuerpo encorvado bajar lentamente los escalones. Los vas contando a medida que desciende. Tienes el motor encendido, el guía en las manos y la vista fija en ella. Cuentas: cuatro, tres, dos, uno y aceleras hasta el fondo. Ella fija sus ojos en los tuyos antes de que el impacto la haga volar por encima del vehículo. Frenas. Miras por el retrovisor. La ves levantar la mano como pidiendo ayuda. Pones la reversa, aceleras con deseos. Sientes huesos crujir bajo el carro. Te detienes a pocos metros. Todo está tranquilo, tú, el vehículo y ella. Aceleras nuevamente y sientes la masa que ya no cruje. Te alejas a toda velocidad de la escena que amenaza con llenarse de gente.

Llegas al hospital a las seis menos quince. Todo está preparado para desconectarla. Le besas la frente, le susurras algo al oído y le dices al doctor:

— Proceda, doctor… ya puede descansar en paz.

Índice

El Gato
Edicione
—EGE—

www.ingramcontent.com/pod-product-compliance
Lightning Source LLC
LaVergne TN
LVHW091121150826
845673LV00002B/923
* 9 7 8 9 9 4 5 9 1 6 9 2 8 *